24188

Ye

LARMES SVR
LE TRESPAS DE FEV
TRES-AVGVSTE TRES-VALEV-
REVX ET SOVVERAIN PRINCE
Charles Duc de Calabre, Lorraine,
Bar, Gueldres &c.

PAR F. IEAN HIZETTE THEO-
log. Cordelier a Toul.

A TOVL,

PAR FRANÇOIS DV BOIS,
Imprimeur du Roy.
1608.

DE TRES-HAVTE TRES-

ILLVSTRE ET MAGNANIME

Princeſſe, Anthoinette de Lorraine Ducheſſe
de Cleues, Iulier &c.

MADAME

La bonté de voſtre naturel me fait fa-
cilemẽt iuger combien la triſte nouuelle de la mort de feu Monſeigneur voſtre
Pere à cauſé de grandz mouuemens en voſtre
belle Ame, & vos paſſions humaines de la tri-
ſteſſe, & de la douleur ont ſuiuy de bien pres,
voire ſurpaſſé les violẽces de l'eſprit: Elles vo⁹
ont aporté vn ſi grand changement que les
regrets, & les larmes n'õt heu le pouuoir d'a-
doucir voſtre dueil. Mais la congnoiſſance
d'vn ſi grand mal en ſon extremité vous a-
fait choiſir le remede ſouuerain à ceſte affli-
ction. C'a eſté en la conſideration des effets de
la ſapience eternelle qui ayant vn ſoing parti-
culier des belles & grandes Ames n'a point
voulu vous laiſſer en c'eſte calamité ſans vous
adſiſter de ſes ſaintes, & diuines conſolatiõs.
Et puiſque les remedes humains vous eſtoiẽt

inutiles, quel meilleur antidot pouuiez vous
choifir pour adoucir la douleur de voftre
mal, qu'en eflevant voftre bel efprit par deffus
tout ce qui eftoit de terreftre en c'eft accidēt,
puis le retenir, & l'ētretenir fur les caufes pre-
mieres, & fupernaturelles d'vne fi grāde & fi-
gnalée perte : Ceft de la Madame que debuez
efperer vn certain contentement d'vne par-
faite cōfolation : C'eft de la que debuez rece-
puoir & attendre vne genereufe conftance
pour oppofer & cōbattre touttes les paffiōs
humaines qui attaquent, & troublent voftre
repos. Puifque le filz de Dieu mefme Roy par
nature de tout l'vniuers eftant en fa paffion,
preßé d'amertume à recherché le confort de
ceux, qui luy eftoient plus a charge qu'à fe-
cours mais fingulierement at imploré la faueur, & l'affiftance de fon pere celefte.

MADAME vos Larmes, & vos plaintes ont
affez longtēps poffedé voftre belle Ame elles
ont parues, coulātes doucement de vos yeux,
vos foupirs ont feruyt fidelement à ce dueil.
Toᵘles fubietz de Mōfeigneur voftre pere qui
vous honorent ont versé des Ruiffeaux de larmes, & voftre difgrace auec leur intereft les à
touché iufques aux parties les plus fenfibles
de leur Ame. Cōme le plus petit, & inutil de
ceux la, ie voᵘ apelle à la cōfideratiō de voftre
perte, que le vulgaire incōfideré eftime eftre
infinie. Et voᵘ fupplie de mōter iufques au fe-

cret conseil de l'eternel premier autheur de la
nature que cõme Pere cõmun de tous les hõ-
mes affectionne esgalement touttes ses crea-
tures reseruant toutesfois a sa diuine proui-
dence la conduite, & conseruation des grands
Princes de la terre ses chers & fauorys nouri-
çons, ausquelz il donne, pendãt le voyage du
monde, des Anges particuliers & Dieux tute-
laires, & puis les rapelle ainsi qu'il àdiuinemẽt
ordonné pour les faire ioüir des graces eternelles. La mort donc ne peut estre qu'vn bon-
heur à Monseigneur vostre pere comme vn
moyen seul, & necessaire pour le reünir à son
premier autheur, & principe ; il ny à par cõse-
quent rien despouuantable en la mort, & vostre naturel eminent vous en fait iuger autrement que la lye du peuple qui se la depeint
pasle, & deffaitte pour se faire plus de pœur,
c'est plustoft des anciens oracles que prẽdrez
la verité. L'oracle d'Appollo donnant respon-
ce à la curiosité des Beotiens apelle la mort le
bien le plus desirable que puisse souhaitter
l'homme en ce monde, ceste mesme mort est
la recompense octroyee d'enhault aux in-
genieux Architectes qui edifioient le superbe
Tẽple de Delphes, laquelle on peut apeller vn
passage de ce monde caduc & mortel pour
nous acheminer vers le lieu de nostre pre-
miere origine qui est la demeure des biẽ-heu-
reux. Vous ne pouuez, Madame, accuser les

Dieux n'y vous plaindre de l'arreſt de la Cour
celeſte pour le rappel de ce grand Prince. Auſ-
ſy toſt qu'il fuſt arreſté au parlement des cieux
d'enuoyer ceſte belle & grãde Ame pour s'ha-
bituer cy bas en terre, elle fut receue auec de
grandes allegreſſes, & luy fut donné vn corps
des plus rare & mieux compoſé pour y faire
ſa demeure. Qui faiſant vn tout de leur liaiſon
parut ſur la terre ce grand & venerable Prince
prenãt ſon extraction d'vne des plus illuſtres
maiſon de la Chreſtiẽté. Dõc ſon bõ-heur s'a-
creut de graces de la nature & de l'eſprit, en
receuant le caractere du chriſtianiſme & au
lauement du ſainct Bapteſme luy fut donné le
nom de Charles comme a celuy qui verita-
blement eſgaleroit les vertus de ſon biſaycul
Charles le grand. Il n'auoit encor quité le laict
de ſa nourice, qu'il eſt faict Prince de deux
grandes; & puiſſantes Duchez, & les faueurs
de fortune ſeconderent de bien pres celle des
Dieux & des graces. Ses vertus venant des ſon
enfance à paroiſtre le firent aymer des plus
grandz Monarques de la terre. Sy que Henry
ſecond Roy de France rauy de la merueille
d'vn ſi rare & beau Prince le rauit preſque
pour le nourir en la nourriture de Meſſieurs
ſes enfans, & apres en ſon tẽps luy dõner l'vne
de ſes filles. De ceſte alliance & heureux ma-
riage comme d'vne pepiniere feconde, ſont
extraits trois grands Princes, & quattre
Princeſſes entre leſquélles voſtre Alteſſe tient

l'vn des premiers lieux, qui paroiſſent encor
preſque to⁹ ſur le theatre de l'vniuers remar-
quables entre les plus illuſtres Princes de la
Chreſtienté. Leſquels ce bon Prince ayāt eſle-
ué auec vn ſoin & affection paternelle, les at
haultemēt placez & par de grādes & puiſsātes
alliances affermy ſa maiſon & ſes eſtatz, plus
heureux en cela que l'Empereur Auguſte, &
ſurpaſſant de beaucoup la prudēce de ce grād
Roy d'Italie Theodoric. Auſſi apres auoir re-
gné plus longuement qu'Auguſte, plus heu-
reuſemēt que Theodoric, il a de plus heu ceſte
prerogatiue d'auoir ſainctement & religieu-
ſement veſcu, iuſques à vne grande & meure
vieilleſſe, conſerué ſes peuples en l'obeiſſance
de l'Egliſe Romaine, parmy les orages & les
mouuemens des nouueaux Religionaires, &
en fin chargé d'hōneur & de lauriers, & renaiſ-
ſant en vne belle & heureuſe lignée, laiſſé à ſon
ſucceſſeur (qui n'eſclatera pas moins par ſes
vertus heroiques q̄ ſes fameux Anceſtres) ſes
eſtats beaucoup pl⁹ entiers, qu'il n'auoit heri-
té de ſes predeceſſeurs. Ceſt ce que voſtre treſ
deuot & treſ-hūble Orateur doibt contribuer
à la memoire de Monſeigneur voſtre Pere
ſon Prince naturel, pour teſmoignage de ſon
affection, qu'il à voulu dedier à voſtre Alteſſe,
s'aſſeurāt qu'elle l'aura pour aggreable, & re-
ceura d'vne benignité accouſtumée, plus
pour le ſubiect qu'il traicte que pour aucun

ornement, ou elegance de discours qu'il n'a
voulu estendre dauantage, que pour tesmoi-
gner, que tous ses vœus, & prieres plus profondes seront continuellement dressees, pour
l'augmentation de vostre tresillustre maison,
comme celuy qui sera à l'infiny.

De vostre ALTESSE

MADAME

Le tres-humble, & deuot Orateur
F. IEAN HIZETTE,

ANAGRAMME.
ANTHOINETTE DE LORRAINE.
TRONE DE LA DEITE' RAYONANT'.

SI Amphitrite est vray' de l'Ocean Deesse
Pouuant abatre l'onde & l'orage bruyants
Destourner les perilz & les flotz bouillonnants
Si qu'a son prompt vouloir l'agitée mer cesse:
  Belle ame en qui le Ciel tant de faueurs assemble
Tant de cœlestes dons, & si rare-ornements
De sainctes actions comme des doux aymantz.
Te faisantz honnorer, & tes vertus ensemble,
  Plus diuine tu és voguante sur la mer
De pleurs, battû des flots d'vn dueil triste & amer
Pour dissiper ces flots d'vne douleur poignante
  Car le diuin Nocher guidant ton fort vaisseau
Comme en son TRONE *assis te donne le flambeau*
DE L'HAVTE DEITE *qu'en toy est* RAYONAN-
TE.

ANAGRAMMATISME

HENRY PAR LA GRACE DE
DIEV DVC DE LORRAINE.
Du Ciel diapré, grandeur de
CHARLE Rayône.

STANCES.

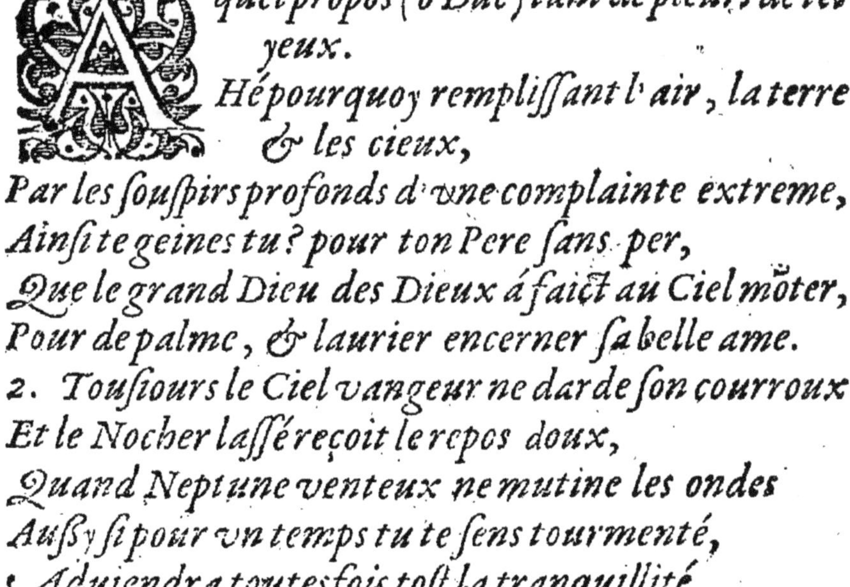

quel propos (ô Duc) tant de pleurs de tes
    yeux.
  Hé pourquoy remplissant l'air, la terre
    & les cieux,
Par les souspirs profonds d'une complainte extreme,
Ainsi te geines tu? pour ton Pere sans per,
Que le grand Dieu des Dieux á faict au Ciel môter,
Pour de palme, & laurier encerner sa belle ame.
2. Tousiours le Ciel vangeur ne darde son courroux
Et le Nocher lassé reçoit le repos doux,
Quand Neptune venteux ne mutine les ondes
Aussy si pour vn temps tu te sens tourmenté,
Aduiendra toutesfois tost la tranquillité
Pour oster de ton cœur les douleurs plus profondes.
3. Delaisse desormais ô Prince redouté

Ces lamentables dueils de ton aduersité,
Qu'auiourd'huy te fŏt viure en rōgeardes tristesses
Car plustost que seicher, il faut cesser tout' pleur
Qui terniroit aux tiens ta brillante splendeur
Forte pour dissiper tout brouillar de detresses.
4.   Cestuy soit regreté qui pert en mesme instant
Ses biens, faueur, & gloire, attaint mortellement
De la mort qui le plonge en l'onde Stygiale
Mais CHARLES sãs mourir tousiours viuãt sera
Car son los immortel tousiours esclatera,
De nouueau ranimé en ta grandeur Royale.
5.   Et comme le Soleil, ses rayons chaleureux
Darde en nostre hemisphere il nous rend vigoreux
Dissoudant les vapeurs par sa drillante flâme
Ainsi CHARLES changé en vn astre des Cieux
Pour dissiper de toy, tous maux impetueux
Et te roidir le cœur, raye a plōb sur ton ame.   (reux
6. Donc ô toy bien-heureux si Prince on trouue heu-
Pour vne fois regner és champs delicieux
A qui le tout puissant n'espargne dessus terre.
Les coelestes faueurs de tous les plus fameux
Citadins de la hault, pour te faire voir mieux (phere
Qu'on t'ayme au Ciel nō moing qu'en ce bas Hemis-
7. Oultre les Charles-grãds Bauldoüins Godefroids
Tant d'Heros, Empereurs, Monarques Ducs & Rois
Tes ancestres fameux que le Ciel embesoigne
Au progrez de ton los, or de surplus voicy   (Henry
Que DV CIEL DIAPRE sur toy Grãd Prince
De CHARLE la GRANDEVR: paternelle
RAYONE.

LARMES SVR LE TRESPAS

DE FEV TRES-AVGVSTE, TRES-
ualeureux, & fouuerain Prince
CHARLES Duc de Calabre,
Lorraine, Bar, Gueldres &c.

D'VN accident fatal la nouuelle dolente
Ia mon ame affligeoit de peine tref-cui-
  fante,
Et mes yeux efpleurés ie n'auois plus au coeur,
En ma face, en mes mains, couleur, force, ou vigueur
N'ayant rien que le dueil pour alleger ma peine.
Quand cherchant mon repos d'vne façon humaine
Pour donner quelque trefue a mon cœur, a mes yeux
De larmes, & regretz, pour m'eslancer es cieux
Et foudain tranfporté en extafe profonde
Tous mes fens captiués eftant comme hors du mõde,
A l'inftant i'apperçeu l'admirable beauté
D'vn arbre porte-fruict en la terre planté
Chargé de fueilles & fruicts en tres-grãde abondãce
Haultement efleué telle eftoit fa croiffance
Qu'au milieu de la terre affis fon tronc eftoit
Et fa cyme le ciel de fa hauteur touchoit.
Si fuperbe, & pompeufe eftoit fa perfpectiue
Que mon ame a la veoir eftoit toute attentiue.
  Or admirant le nombre, & la forte efpeffeur

Et l'ordre fort distinct, & l'enorme grandeur,
Ie voyois au dessus nicher vn tas d'oisseaux
Et sous son estendu' les bestes de la terre
Pour paistre de ses fruicts y courroyent a grand erre.
Mais comme profondé en mes rauissementz
I'oyois vn bruit tonner faisant grand tremblement
De ses bras estendus en forme d'vne targe
De son insigne tronc merueilleusement large,
Or ses beaux verdoyants & tortilles rameaux
I'aduise vn grand Geant de Titaniene race
Qui l'arbre renuersoit plein de rage & d'audace
Ainsi triste arresté perplex en mes esprits
De ceste vision soudain ie fus appris
De Morphee, disant que la mort inhumaine,
D'abbatre s'efforçoit le Grand Duc de Lorraine.
Grand Duc qui tousiours a d'exemples vertueux
Peuplé la terre basse & le ciel de ses vœux,
Prince tirant des Dieux s'on estoc & son estre
De qui aussy des Dieux on a veu souuent naistre,
Se retrouuante en luy la race des Cesars
Et l'Auguste grandeur, & la force de Mars
Et lors tout esperdu, d'vn cry espouuantable
Ie reprens mes regrets matiere lamentable   (moy
Aux Fleuues, Monts, Forets, Rochers tous pleins d'es-
Mes plaintes addressant pour pleurer auec moy.
Et ia ressentants bien ma perte irreparable
Auec moy se sont plaintz d'vn dueil inconsolable
A les voir on eut dit que ce grand vniuers
S'en alloit finissant par leurs regretz amers
Quoy? si belle estendüe, & ces belles racines

Ceste droicture & force & ces grandeurs insignes
Ces fueilles & ces fruictz plaisants & doucereux
De si rares vertus & actes genereux,
D'exemple & de Iustice & trauaux honorables
Des merites acquis d'œuures inimitables
Les voira on reduictz au funebre tombeau
Pour nous faire languir d'vn perdurable fleau!
Ainsy pleurions ensemble ; ô Mort impitoyable
Ne craintu de ietter ton dard ineuitable
Sur ce Prince sans-per? souuerain, valeureux
Magnanime, inuincible, affable, vertueux?
Lors que des plus meurs ans de ce Prince admirable,
La splendeur estincelle en l'Europe loüable
Parmy les nations viuement esclatant
Lors que son los se graue immortel triomphant
O fatal accident! ô mort nourrice d'ombre
Iette tu cest Heros soubs le Sepulchre sombre?

   O Muse olympienne or' voy fille du Ciel
Ou sont tes passions ameres comme fiel,
Puis qu'il fault encerner ta belle cheuelure
Du cypres Plutonien pour funebre parure?
Emprunte d'Heraclite les larmes & les pleurs
De Dido le parler resonnant les douleurs,
T'esclatant en haut cris & regretz sur sa cendre
Pour en larmes fondant vn deluge y respandre
Mais par larmes ou souspirs tu ne peu esgaler
Le subiet de ton dueil qui te faict lamenter
Car l'obiet esmouuant ta douleur estendüe
Est si grand & diuers qu'il te rend esperdüe
L'infiny contemplant de tout rare ornement

Qui brilloit en ce Prince ainsi qu'vn firmament.
   Car comme qui voudroit l'infinité comprendre
Ses labeurs accroistroit ne la pouuant entendre
Ainsi qui tascheroit, couuert d'obscurité
Atteindre de ses faictz la seraine clarté
Demeurant esblouy, ne pourroit faire accroire
Qu'il voye la splendeur d'vn seul ray de sa gloire.
   Et comme le Soleil qui ne faict que tourner
Quand plus luisant paroist moins on peut l'œillader
Ains ô noble Phœnix regardant ta lumiere
Qui darde milz esclats, plus n'est ma veüe entiere
Que si tes actions, ton haut sang, ou tes moeurs
Tes heroiques faicts & toutes ies grandeurs
I'ose tant peu toucher, ie seray sans langage,
Mes poulmõs sans haleine, & mõ coeur sans courage.
Car mon esprit ne peut le pesant faix porter
D'vn si riche argument qui te fait renommer.
   Et partant ie ne veux de tes fameux ancestres
L'hystoire resueiller qui ont peu par leur dextres
Fracasser les efforts des Guerriers ennemys
Du peuple du Tres-haut, faisant fleurir les lys
De la Chrestienne foy, desployant l'estendard
De la Croix porte-christ la force du Soudard
   Non ce n'estoit assez, d'auoir pris origine.
De tant d'Heros fameux de sang noble, & insigne
Mais ta dexterité en tant de beaux effets
Faict suffisamment voyr qu'as ensuiuy leurs faictz
Heritier de leur force, & vertu necessaire
Pour battre, & saccager l'heretique aduersaire.
Comme eux, tu as le nom de Guerrier Martial,

Comme eux tu as battu l'ennemy desloyal
Comme eux tu t'es rendu en tous lieux redoutable
Côme eux aux estrangers t'as faict espouuantable.
    Non plus ne moins que quand d'vn Aguilon grô-
Roidement agité l'aspre feu craquetant   (dant
Embrase tout le bois d'vne forest Champestre,
Si qu'en bref, vefue elle est, de son verdoyant estre:
Ainsi ô indomtable Hercule des Lorrains
Si combattre il falloit és champs de Guerriers pleins
Tu vainquois l'ennemy par force inexpugnable,
Et tu leur demeurois vn foudre redoutable,
Si qu'estant nostre bras, & pilier de la foy
On te doibt surnommer vn autre Godefroy.
    Tes proüesses seront a iamais engrauées
Vn eternel renom sans estre onc' effacées.
En tous lieux & endroicts de ce grand vniuers
Ou pour gaigner la palme as suby maints dangers
Et les Dieux, & le Ciel ou leur conseil s'assemble
Prenantz en toy plaisir seront tesmoings ensemble
De tes faicts & valeurs, ô Heros courageux
Mais comme vn autre Hector vaillant & belliqueux
Ta vaillance me faict vser de ce langage
Que Troye fleuriroit par ton braue courage
Si ton repaire estoit en terre ainsi qu'au ciel,
Ou tu bois le Nectar, & delicieux miel.
    O Prince magnanime, au plus verd de ton âge
Tu as peu par prudence & Nestorien langage
Les flammes euiter, & aspres cruautés
D'vne guerre inhumaine ou tous estoyent iettés
Les Princes, & les Roys des Regions voisines
                                            Lors

Lors que partous voguoyent les reuoltes mutines
Quelle accorte sagesse auec dexterité
Secondoit tes desseings en la difficulté,
Si que non seulement estois Mars indomtable
Mais vn prudent Mercure adroit, & admirable,

De tes rares vertus l'asseuré fondement
Estoit de pieté le laurier Verdoyant
Car sans ce ferme Roc, la gloire ne s'aquerre
Du Monarque du Ciel qu'il enuoye sur terre
Aux martiaulx guerriers, qui ont deuant les yeux
Sa crainte, & son amour pour conquester les cieux
Autrement que vauldroit couurir vne poictrine
D'aymant ou d'vne Ægide armure palladine
Si du zele diuin ne s'enroche le cœur.

Pour ne permettre au cours de l'oubly rauisseur
Dans le lethe abismer les merite & memoire   (re
De ce qui nous peut rendre vn bõ-heur plein de gloi-
Belle ame qui pourroit faire vn denombrement
De tes actes pieux qui si diuinement
Rehausseront ton los dont tu retiens la vie
Qui le temps moissonneur, & la parque deffie
Et dont tant que le Ciel tournoyera sur nous
Tant que le fiel amer, & le miel sera doulx,
Et que les ruisseletz gazoillans en leur source
Courront parmy les pres de serpentine course
Et tant que dessus nous luyra ce grand flambeau
Iamais ta pieté ne sera au tombeau
Mais tousiours verdoyra, & tousiours plantureuse
Croissante en bon gueret, qui l'a rend plus heureuse
Produira fleurs, & fruicts, pour paistre l'vniuers

B

Et luy faire gouſter mille plaiſirs diuers.
Le ſouuenir du cult, & de ton diuin zele
Dans ton ame engraué veult que ie ne le cele.
L'Egliſe en grand-hõneur touſiours tu maintenois,
En quoy de tes ayeux tu ne degenerois
Qui n'ont pas eſpargné leur ſang pour la deffendre
Auſſi ton ſacré los iamais fin ne peut prendre
Car les ſomptueux frais, mis pour l'accroiſſement
De la gloire diuine atteſtent maintenant,
Par les temples chreſtiens conſacrés aux louanges
Du Seigneur tout-puiſſant, ta vie eſgalle aux Anges
    Et qui ne ſçait vrayement que tu ne reſpirois,
Que Dieu que ſon honneur, que ſur tout tu aymois
Luy poſtpoſant tout bien, caduque, & periſſable
Et tout honneur fragile, ombreus & peudurable,
Ton ſeul ombrage eſtoit plus que tres-ſuffiſant
Pour rauir vn chacun au ſainct embrazement
De l'amour du grand Dieu, mais ta deuôte flamme
Qui penetroit les cœurs faiſoit paſmer toute ame
Pour donc te decorer de ton los merité
Tu es ô Sainct Heros Dauid en pieté,
    O Prince droiturier des pauures le refuge!
Pere des affliges, d'vn chacun iuſte iuge!
En mille, & mille ſorte apparoiſt ta bonté,
En ce que ſignamment tu as bien merité   (bles
Qu'or les cieux ne te ſoyent ingrats ains memora-
De tant d'œuures bien-faictz & legues charitables.
    Si l'auſmoſne affranchit par cœleſte vertu,
De la mort triſte-bleme, onc ne ſeras tenu
Mort, ains viuant ſeras immortel, adorable,

Car ton merite acquis auſſi grand qu'incroyable
T'a faict gaigner l'honneur aupres du Roy des cieux
D'auoir le Premier ſiege entre les demi-Dieux.
Ta debonnaireté enuers tous ſi courtoiſe
Leur donnoit libre acces aupres de ton Alteſſe
Ton accueil reſſemblant au Soleil aſtre doulx
Influant dés le Ciel ſes riches dons ſur nous
Touſiours tu fleuriras pour la ſollicitude
Que tu auois au coeur enuers les gens d'eſtude
Tu eſtois auoüé des lettres protecteur
Et on te reclamoit des Muſes l'amateur.
Ton graue-port veillard, & Maieſté puiſſante
Aux yeux des regardantz donnoit preuue baſtante
De la ferme conſtance, auſſi de la candeur,
Que logeoit ton eſprit plein d'Illuſtre grandeur:
Mais tes moeurs & tes faicts & l'humaine parolle
Ton affable douceur, & ta clemence molle
Comme aſtres lumineux te faiſoyent adorer
Et de Dieux des armês ſi tendrement aymer
Surpaſſant en bonté toute autre creature
Qui court par le dedal de l'humaine Nature,
Donc tes beaux ornements, & nobles actions
Et de ton vif-eſprit tant de cœleſtes dons
Qui iamais ne mourront, ains eſtant perdurables
Bruyantz par l'vniuers comme tres-admirables
Ainſi que doux aymants, attiroyent tous les cœurs
Des Monarques, & Rois, & de tous grãds Seigneurs
Qui leur demeure font ſoubs la voute azurée
Qui ton image auront a touſioursmais encrée
Au plus vif de leur cœurs, non ſans extreme dueil

B 2

Maintz regretz, & souspirs, nõ sans la l'arme a l'œil
Pour veoir esteinte en toy de leurs yeux la lumiere
Et si tost abutir le bout de la quarrierre.
  Quand de tes ans pourpres le frondoyant laurier
Ton peuple recreoit d'vn espoir printanier
Pacifique tiltré, passant encor' Auguste
Plus Clement que Cesar, & que Trayan plus iuste
Plus heureux qu'Alexandre, & sur tout liberal
A chacun faisant veoir vn entre-gent royal.
Ta doulce affableté, & ta munificence
Fournissent d'argumentz qui donnent cognoissance
Que t'as acquis le Ciel par tes dons, & biens faictz
Ou tres-riche, puissant, par celestes effects
Les biens couler feras sur ta maison Royale
Qui pleure maintenant ta triste mort fatale.
  Ainsi propos rompus coup-sur coups i'entaillois
Mon cerueau trauaillé du violent effroy
De la concussion de l'esclatant tonnerre
De ceste vision triste, & imaginaire
Qui me faisoit pasmer en mon cœur en mes sens
Bien que l'ame en mon corps, I'estois encor' viuant
Et a lors contemplant qu'a coup de fer, & hache
Le Grand Geant s'esforce, & l'animé vent tasche
De renuerser c'est arbre, & beau & precieux,
L'arbre tousiours debout, les coups plus furieux
Endure constamment, mais en fin il assaille
Sa grandeur de tel coups, & si fort la trauaille
Qu'esbranlée bien fort, baissant son chef chenu
Ne peut plus resister par sa grande vertu
Si que finalement tombante en la campagne

Feit retentir tout val, & voisine montaigne
Ie cougnus que ce Prince ayant de toutes parts
De l'ingrate fortune enduré tant de dars
Tant soustenu de coups, de toute violence
Des ennuys orageux en grande patience
C'estoit l'amere mort supreme de tous maulx
Qu'en fin l'a renuersé par funestes assaulx
Dont par tout ceste cheute, helas! l'on entend faire
Vn bruit tres-douloureux qu'emplit toute la terre.

    Helas des ennemis de l'Eglise & des cieux
L'effroy, & le Soleil l'ornement precieux
Par ce desastre perd, & desormais delaisse
Sa terreur, sa splendeur, l'effet de son Altesse.
Tu ne peux tes pleurs feindre, ô Lorrain souspirant
Comme vne Thecüite, ains amer-larmoyant
Descoule de tes yeux de larmes abondance
Et tes regretz sont vrays, & non en apparence.
Pour donc Peuple Lorrain tes regretz publier
Tes ioyeus vestements en dueil on voit müer
Blesme du mal qui a ta poitrine saisie
Faisant tes yeux plouuoir vne ennuyeuse pluye
Toutesfois la grandeur de ton dueil languissant
Ne sera comparable au dommage cuisant
Car la perte est immense, & ton dueil en mesure
Ny effet n'attaindra telle desconfiture.

    O terre cauerneuse en ton sein encernant!
Les os de cet Atlas porte-ciel trespuissant,
O air tourbilonnant moiteux de tant de larmes,
Qui tant d'ames tenes en si grandes alarmes
Leur ostant si soudain la lumiere de yeux,

R 3

Et pourquoy ferrés vous ô clair flamboyantz cieux
En voftre grand pourpris ce Prince tant aymable
Faifantz former les fiens complainte lamentable.
Affés de larmes, dueil, ny auffi de fanglotz
De mes yeux, de mon coeur, ne pouuoyent eftre efclos
Quant i'apperceu foudain la lumiere brillante
Des Manes de mon Prince, a lors ia diffipante
Les brouillars de mon ame & fon dueil orageux
Dont fa lueur fembloit efclairer tous les cieux.
Et pourquoy tant de pleurs ainfi me difoyent elles
Si ores nous brillons es voutes eternelles?
Non Charle eft immortel car franc des paffions
De la nature humaine or' iay les Regions
De la voute eftoillée en force conqueftées
Ou de palme & laurier mes vertus font ornées,
Ceffe de larmoyer puis qu'en terre feront
Mõ tronc, & mes Rameaux qui toufiours verdoyrõt
Produifantz fleurs & fruictz pour emporter la gloi-
Du ciel, & des viuantz obtenir la memoire.   (re
Arreftés donc vos pleurs mes filles, & mes filz
Mes fideles fubiectz, & tous mes chers amys.
    Car pour mieux decorer ma vie inimitable
Le ciel a coronné mon treſpas honorable
Ou de tref-griefue peine eftant prefque emporté.
Prouide ie cognus de la mort l'afpreté
Et alors i'efleuay, & mes mains & mon ame
A Dieu, par telles vois. Seigneur ie te reclame
Accorde que l'effroy, le regret, ta douleur
Dõt la mort touche, entame, & met hors de vigueur
Mes ame, corps, & fens, ie vainque en ta conftance

En foy, en charité, & en ferme esperance
Sois en terre, & au Ciel, en ma vie, en ma mort
Mon bien, & mon bon-heur, mon appuy, & mon fort
Refocille, renforce, illumine, & enflâme
Mes membres & mes sens, mon iugement, mon ame
Pour gouster le doux fruict en estat penitent
De l'alme, & sacré corps du Seigneur tout puissant
Qui de mal m'a gardé de vice, & de misere,
Faisant voler mon ame au coeleste repaire
Ou ie preigne repos eternellement doux
Auec les Anges saincts & mon tres-cher espoux.

  Ces propos acheués, s'enuola l'ame saincte
Dans le pourpris des cieux, & ie retiens emprainte
Sa belle remonstrance en sorte que du coeur
De la bouche, & de l'oeil ie chassay la langueur.

EPITAPHIVM.

D. O. M.

CAROLO TERTIO CALABRIÆ, LOTHA-
RINGIÆ, BARRI, AC GELRIÆ DVCI,
REGIO SANGVINE 1542. 15. CALEND. MAR-
TII SATO, OB EGREGIAS ANIMI, ET COR-
PORIS DOTES, RES PRÆCLARE GESTAS, VIR-
TVTES INCOMPARABILES, AVGVSTISSIMO,
VICTORIOSSIMO, SERENISSIMOQVE PRIN-
CIPI, ORTHODOXÆ RELIGIONI ADDICTIS-
SIMO, ORBIS CHRISTIANI COLVMINI, MI-
NISTRORVM ECCLESIÆ ALVMNO, FLO-
RENTISSIMA PIETATE, PERPOLITIS MORI-
BVS, SVAVI ELOQVIO, ADMIRABILIS INGE-
NII FOELICITATE, PRVDENTIA, SINCERITA-
TE, CANDORE, PACE, BELLO, REGIA LIBERA-
LITATE, PRÆCLARA SOBOLE, HEROVM IL-
LVSTRISSIMO, COLLECTISSIMO ANIMO, VT
SEMPER FVIT, COELESTIBVS ET DIVINIS,
SVB FINEM PROVECTÆ, ET VENERANDÆ
ÆTATIS, FATO, NON SINE REGVM, PROCE-
RVMQVE TOTIVS EVROPÆ INGENTI LVC-
TV 1608. PRIDIE ID. MAIJ SVCCISO, AT VTI
CREDIBILE EST, PIJS EIVS MANIBVS TOT
MERITORVM TROPHÆIS CANDIDATIS, IN
COELO GLORIA IMMARCESSIBILI LAVRE-
ATIS.　　　　F. I. H. F. P.